Analyse de l'œuvre

Par Flore Beaugendre
et Pierre-Maximilien Jenoudet

Suite française

d'Irène Némirovsky

Rendez-vous sur lepetitlitteraire.fr et découvrez :

Plus de 1200 analyses
Claires et synthétiques
Téléchargeables en 30 secondes
À imprimer chez soi

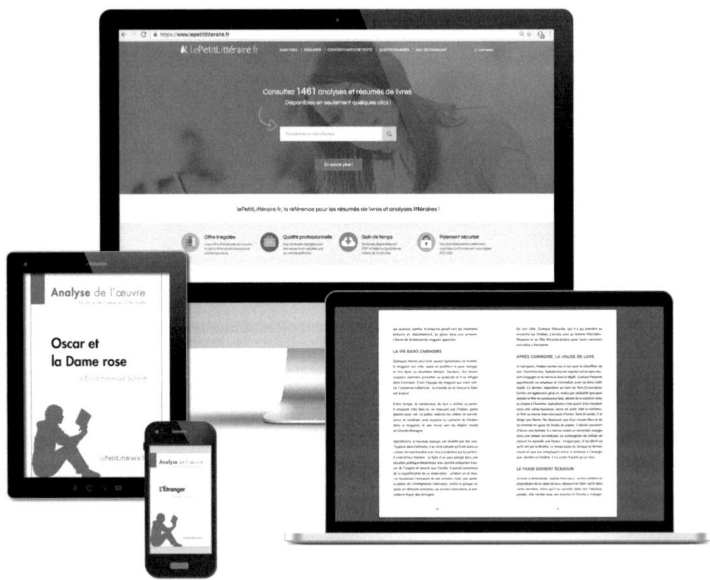

IRÈNE NÉMIROVSKY

ROMANCIÈRE RUSSE

- **Née en 1903 à Kiev.**
- **Décédée en 1942 à Auschwitz.**
- **Quelques-unes de ses œuvres :**
  - *David Golder* (1929), roman
  - *Le Bal* (1930), roman
  - *Suite française* (2004, publié de manière posthume), roman

Née dans une riche famille russe, Irène Némirovsky passe une enfance solitaire car son père est occupé par ses affaires et sa mère par les mondanités. Très tôt, la jeune fille apprend le français. C'est d'ailleurs en France que sa famille s'exile en 1919 pour fuir la révolution russe. Là, elle entreprend des études de lettres et publie, à 23 ans, son premier roman *Le Malentendu*. En 1929, elle rencontre le succès avec *David Golder*.

Quand la Seconde Guerre mondiale (1939-1945) éclate, Irène quitte Paris pour se réfugier, avec son mari et ses enfants, dans un village de Bourgogne, mais les lois sur le statut des juifs la poursuivent. Elle est arrêtée par les gendarmes français puis déportée en 1942. Elle meurt au camp d'extermination d'Auschwitz cette même année.

SUITE FRANÇAISE

UNE HISTOIRE ÉCRITE SUR LE VIF

- **Genre :** roman
- **Édition de référence :** *Suite française*, Paris, Gallimard, coll. « Folioplus classiques », 2009, 544 p.
- **1ʳᵉ édition :** 2004
- **Thématiques :** Seconde Guerre mondiale, France, exode, amour, mœurs, mémoire

Suite française est le titre d'une série de romans imaginée par Irène Némirovsky qui devait comporter cinq tomes : « Tempête en juin » et « Dolce » devaient être suivis de « Captivité », « Batailles » et enfin de l'optimiste « La Paix ». Conservés par les filles d'Irène Némirovsky après sa déportation, les deux premiers opus achevés paraissent pour la première fois en 2004 sous le titre de *Suite française*. Il s'agit de l'unique roman à avoir reçu le prix Renaudot à titre posthume.

Le premier tome, « Tempête en juin », raconte la fuite sur les routes de nombreux Parisiens lors de l'annonce de l'arrivée des Allemands en juin 1940. Le deuxième, « Dolce », dépeint la vie paisible d'une petite ville de campagne, Bussy, au cours des premiers mois de l'occupation allemande.

RÉSUMÉ

« TEMPÊTE EN JUIN »

Chapitres I-VIII

Juin 1940. Paris est bombardé, et l'annonce de l'arrivée des Allemands se répand dans les foyers. Chez les Péricand, il est décidé que Charlotte, la femme, emmènera toute la famille, y compris le vieux M. Péricand, se réfugier en Bourgogne tandis qu'Adrien Péricand, le mari, restera à Paris. Le fils ainé, l'abbé Philippe, est chargé de conduire un groupe d'orphelins à l'abri dans le Sud de la France.

Le célèbre écrivain Gabriel Corte est, de son côté, exaspéré par les mauvaises nouvelles qui le privent de son inspiration. Il est obligé de prendre la route en compagnie de sa maitresse, Florence.

M. et Mme Michaud, deux employés de banque, sont invités à suivre leur patron, M. Corbin, à Tours. Mais ce dernier change d'avis, et le couple est forcé de prendre la route à pied.

Le riche esthète Charles Langelet prend, quant à lui, la décision de quitter Paris avec ses caisses d'objets de luxe.

Chapitres IX-XIX

Gabriel Corte et Florence, sur la route d'Orléans envahie de fugitifs, sont contraints de dormir dans leur voiture, au cœur des bombardements. À Paray-le-Monial, où la nourriture manque, Gabriel Corte utilise son nom pour acheter des provisions, mais elles seront dérobées par des compagnons de route offusqués par son attitude méprisante. Les Corte errent lamentablement, affamés et perdus, pendant que des troupes tentent de couper la route aux envahisseurs. Dans un élan héroïque, Gabriel sauve sa maitresse en lui faisant traverser un pont sous les balles allemandes.

Les Péricand rencontrent également des difficultés dans leur voyage : Charlotte, jusque-là persuadée du pouvoir de sa fortune et de son nom, réalise que l'heure est grave et cesse de se préoccuper des mondanités. Ils font étape chez des habitants d'une petite ville. Le jeune Hubert rêve de partir se battre et décide de s'enfuir la nuit venue, malgré l'interdiction formelle de sa mère. Un convoi de soldats accepte de le prendre dans ses rangs. Quelque temps plus tard, Hubert parvient dans l'Allier avec son contingent, où ils tentent d'arrêter l'ennemi. Le jeune homme est consterné par leur fulgurante défaite. Il se réfugie dans un village voisin où Arlette Corail, ancienne amante de M. Corbin, l'héberge.

Les Michaud vivent également la confusion de l'exode : les colonnes de fuyards sont mitraillées, et les premières morts surviennent. Ils s'arrêtent chez les Angellier à Bussy et envisagent de prendre un train pour Tours. Le couple ignore que leur fils Jean-Marie, blessé, est hébergé dans le même village par des fermiers.

Chapitres XX-XXI

Le village où séjourne la famille Péricand prend feu, après l'explosion d'une poudrière. Charlotte et ses enfants prennent la route pour Nîmes, mais elle s'aperçoit soudain qu'elle a oublié son beau-père dans la bourgade. Celui-ci s'éveille seul dans le village calciné et est emmené à l'hospice. Il demande à faire son testament : il lègue ses biens à son fils Adrien, mais, en signe de mécontentement, exige une donation de cinq millions à une bonne œuvre. Il meurt au moment de signer le document.

Charles Langelet est plein de mépris pour ses compagnons d'infortune et leur grossièreté. En panne d'essence, il subtilise les bidons d'un jeune couple dont il a gagné la confiance.

Jean-Marie Michaud revient à lui après plusieurs jours de délire et apprend avec désespoir la défaite française.

Philippe Péricand marche vers le sud avec sa troupe d'adolescents hostiles. Malgré ses devoirs de curé, il n'éprouve que de l'antipathie pour ces jeunes garçons. Ils s'installent dans le parc d'un château pour la nuit. Deux garçons entrent par effraction dans la bâtisse et, lorsque Philippe les rattrape, ils se jettent sur lui et le battent. Toute la colonie envahit alors le château et le pille. Jeté à l'eau et lapidé, l'abbé meurt.

Les Péricand, réfugiés à Nîmes, apprennent la mort du vieux M. Péricand et de Philippe. Charlotte croit également Hubert tué, mais celui-ci apparait, créant la confusion. Muri et changé, il considère la vanité de sa famille d'un œil critique.

Les Corte parviennent au Grand Hôtel de Vichy. Gabriel s'inquiète pour son avenir, mais se rassure en retrouvant ses riches fréquentations.

Les Michaud, contraints de retourner dans un Paris désert, y apprennent la signature de l'armistice. Ils espèrent recevoir des nouvelles de leur fils. M. Corbin leur annonce leur renvoi de la banque. Jeanne parvient à obtenir une indemnisation.

À l'automne, Charles Langelet rentre dans la capitale, où il reprend son train de vie. Mais il se fait renverser par une voiture, conduite par Arlette Corail, et décède.

Jean-Marie Michaud, coincé dans son village, désire regagner Paris. Il écrit à ses parents et part en laissant Madeleine Sabarie, une fille de la maison, triste.

« DOLCE »

Chapitres I-VIII

Printemps 1941. Les Allemands viennent d'entrer à Bussy. Les Angellier dissimulent leurs biens. Le fils, Gaston, est fait prisonnier ; Lucile, sa jeune femme, vit donc seule avec sa belle-mère aigrie. Un officier ennemi, Bruno von Falk, vient loger chez elles.

Madeleine Sabarie est mariée à Benoît et mère d'un petit enfant. Un jeune Allemand, Kurt Bonnet, s'installe à la ferme. Dans le village, les relations se détendent progressivement entre occupants et occupés. Benoît sent que sa femme pense toujours à Jean-Marie Michaud et en éprouve une féroce jalousie. Il craint également les intentions du nouvel hôte.

Chapitres XIX-XV

Lucile fait peu à peu connaissance avec Bruno, ce qui rend furieuse sa belle-mère. Elle cherche alors à éviter de le rencontrer, mais progressivement une certaine complicité nait entre eux. Un après-midi pluvieux, l'Allemand prend place au salon en sa compagnie et joue du piano : Lucile tombe sous son charme. Un mois plus tard, il lui avoue son amour, qu'elle repousse par souci des convenances.

Chapitres XVI-XXII

Dans le château voisin, la vicomtesse de Montmort, se promenant dans son parc, surprend Benoît Sabarie en train de voler du maïs dans le potager. Furieux, il avoue alors braconner sur ses terres, indiquant par là qu'il est toujours en possession d'un fusil, ce qui est strictement interdit par l'occupant allemand. Le vicomte décide de le dénoncer discrètement.

Pendant ce temps, Lucile songe, tantôt avec bonheur, tantôt avec tristesse, à l'amour qui l'unit à Bruno von Falk. La nuit venue, Madeleine Sabarie frappe à sa porte : les Allemands sont venus arrêter Benoît et ont trouvé son fusil ; ce dernier s'en est alors servi pour tuer Bonnet avant de s'enfuir. Madeleine demande à Lucile de cacher son mari chez elle, ce qu'elle accepte. Le lendemain, le village est en ébullition : toute personne aidant Benoît sera fusillée. Alors que Lucile descend nourrir le fugitif, caché dans une chambre d'enfant depuis trois jours, Mme Angellier la surprend, mais décide de garder leur secret.

Malgré l'incident, les Allemands organisent une fête pour

célébrer l'anniversaire de la prise de Paris, le 21 juin, sans en avouer la raison aux Français. La veille, Lucile et Bruno font une promenade au crépuscule, mais la jeune femme se refuse soudain à lui, prenant conscience de sa honte. Alors que les festivités battent leur plein, les occupants apprennent qu'ils viennent d'entrer en guerre avec la Russie. Les Allemands sont rapidement envoyés sur le front. Mme Angellier encourage Lucile à demander à Bruno un permis pour circuler et permettre à Benoît d'aller à Paris, ce qu'elle obtient. Bruno et la jeune femme se font leurs adieux, émus.

ÉTUDE DES PERSONNAGES

LES PÉRICAND

Famille de la haute bourgeoisie et descendante de la noblesse, les Péricand sont des gens extrêmement riches qui vivent avec leurs nombreux domestiques dans un grand appartement parisien. Dans cette maison, toutes les générations sont rassemblées, du grand-père au plus jeune enfant âgé de 2 ans, mais un seul commande : M. Péricand. Car si cet homme potelé et un peu gauche exprime un avis ou prend une décision, sa femme s'y range et fait tout pour que cette décision soit respectée. C'est ainsi que la famille Péricand est envoyée sur les routes de l'exode en juin 1940. Dès lors, Charlotte Péricand prend en main sa famille, et nous la suivons tout au long de « Tempête en juin ».

Charlotte Péricand

Charlotte Péricand est une femme de standing âgée de 47 ans. Brune, elle est toujours habillée à la mode de saison. Son visage, parsemé de taches de rousseur, laisse apparaitre les marques de l'âge car sa peau fine est ridée. Forte d'un très vif esprit de classe, elle tire sa fierté de sa fortune et de son statut de mère de famille nombreuse. Pour autant, sa relation avec ses enfants est ambigüe. Si elle est prête à tout pour les sauver sur la route de l'exode, l'annonce de la mort de ses deux ainés lui procure plus de fierté face aux circonstances de leur décès qu'elle ne la plonge dans une véritable tristesse. Enfin, Charlotte est très soucieuse des conventions sociales et des valeurs morales dictées par l'Église. Mais on apprend très vite que tout est guidé chez elle par l'appât du gain : ainsi quand elle offre la charité c'est pour gagner son paradis ; quand elle prend soin du grand-père, le vieux M. Péricand, c'est parce que sa fortune est considérable. L'auteure dresse donc le portrait d'une femme prête à tout pour la sauvegarde de son clan et plus généralement de sa classe au mépris du commun des mortels.

Le grand-père Péricand

Le grand-père Péricand a atteint un âge plus que respectable et est sujet à des crises de sénilité. Pour autant, il est toujours très lucide quand il s'agit de parler de son argent. Il n'hésite donc pas à faire du chantage sur son héritage pour être traité au mieux. Ainsi, après s'être immensément enrichi lors de la Première Guerre mondiale (1914-1918), le grand-père Péricand a fondé une œuvre philanthropique qui vient en aide à des enfants et à des adolescents ayant eu des problèmes avec la justice, Les Petits Repentis du XVIe, pour laquelle la somme léguée à sa mort varie selon son humeur. Il meurt dans un hospice après avoir fait son testament.

Philippe Péricand

Philippe Péricand est l'ainé des enfants Péricand. Il a l'allure robuste avec un visage rustique au teint coloré et aux sourcils très noirs, mais dont la santé est fragile. Il est curé de campagne, au grand dam de sa mère qui aimerait qu'il occupe un ministère plus prestigieux. Malgré sa vocation, Philippe ne parvient pas à sympathiser avec les enfants dont il a la garde, et il oublie très vite leur passé. Les enfants, soumis à la tentation du vol, s'en prendront à Philippe alors que celui-ci tente de les arrêter. Le prêtre mourra sous les coups des jeunes, loin de la guerre, à cause de son incompréhension du monde.

Hubert Péricand

Hubert est le deuxième fils Péricand. Jeune homme qui n'a pas encore atteint la majorité, il souffre de ne pas pouvoir aller se battre contre l'ennemi et échafaude des plans de bataille dans son esprit. Poussé par sa soif d'héroïsme, il quitte sa mère et ses frères et sœurs pour rejoindre une troupe de soldats, mais Hubert est rapidement déçu : le bataillon dans lequel il se trouve n'a pas les moyens de combattre et subit la défaite. Après cette expérience, Hubert reprend la route pour rejoindre sa famille mais, entretemps, il s'arrête dans un village où une danseuse, Arlette Corail, lui permet de dormir dans sa chambre et avec laquelle il connaitra sa première expérience sexuelle. Devenu homme, il aiguise son esprit critique et sa virilité. Quand il revient dans le clan familial, Hubert juge sa famille avec sévérité et, bien qu'il consente à penser qu'elle n'est pas entièrement mauvaise, il est amer envers son milieu et sent un vent de révolte naitre en lui. Le parcours d'Hubert est un véritable parcours initiatique, enfant au début du récit, il devient homme lorsque ce termine l'année 1940.

LES MICHAUD

La rencontre entre Hubert et une danseuse, Arlette Corail, est un moment important dans le parcours du jeune homme, mais aussi dans l'économie du récit car il permet de lier, indirectement, le parcours de la famille Péricand avec celui de la famille Michaud. En effet, Arlette Corail est la maitresse du directeur de la banque Corbin.

M. Corbin, homme rustre et grossier, est le patron de Jeanne et Maurice Michaud. Le couple Michaud appartient à la classe moyenne ; tous deux sont employés de bureau : l'homme est comptable, la femme secrétaire. Leurs maigres revenus sont tout entier dédiés aux études de leur fils adoré, Jean-Marie, qui rêve de devenir écrivain. Mobilisé, celui-ci part combattre mais est rapidement blessé. Il est alors recueilli par des fermiers du centre de la France, où il se remet de ses blessures et rencontre une jeune femme, Madeleine Labarie. Cette rencontre est importante car la jeune fille tombe amoureuse de lui et en fait un protagoniste phare de la deuxième partie du roman alors même qu'il n'est pas présent.

En juin 1940, il est convenu que la banque Corbin s'exile dans sa succursale de Tours. Les Michaud doivent faire le voyage dans la voiture de M. Corbin. Mais la maitresse de celui-ci s'impose, et les Michaud doivent rejoindre Tours par leurs propres moyens. Les gares étant fermées, ils doivent partir à pied. On découvre alors un couple harmonieux qui possède un certain recul par rapport aux évènements et qui est solidement uni par l'amour. Le traitement que leur réserve l'auteure est bienveillant.

CHARLES LANGELET

Arlette Corail est aussi liée à un autre protagoniste, Charles Langelet, qu'elle rencontre dans un bar.

C'est un homme gros et blanc dont les mains sont grasses. Esthète, c'est un collectionneur d'art et surtout de porcelaine. Il considère que tout ce qui est en dehors de son milieu ou de sa passion est vulgaire. Homme riche, Charles Langelet n'en est pas moins avare et sournois. Ainsi, alors qu'il n'a plus une goutte d'essence, il gagne la confiance d'un jeune couple ayant justement des bidons d'essence, les invite à aller se reposer afin de leur voler leur réserve et s'enfuit. C'est un personnage vil et plein de défauts qui nous est présenté. Il mourra renversé par Arlette Corail. Sa fin est donc risible face au péril qui menace le monde et à la mort de milliers d'hommes à la guerre.

GABRIEL CORTE

Gabriel Corte est un écrivain à la mode. Parisien, il fréquente les milieux littéraire et artistique, tout en cultivant des relations dans le milieu politique. Homme riche et beau, il partage sa vie avec Florence, sa maitresse attitrée. Mais si elle l'accompagne, c'est avant tout parce qu'elle le flatte. Car Gabriel est un homme hautain qui ne pense à personne d'autre qu'à lui et à ses créations. Malgré tout, derrière cette figure de créateur haineux, on retrouve un homme qui craint la solitude et la mort.

Gabriel Corte est un homme coupé des réalités du monde qui ne vit que pour paraitre dans les salons et dans le luxe. Il finit d'ailleurs sa route au Grand Hôtel de Vichy où le Gouvernement est attendu et où il retrouve son milieu.

MADELEINE LABARIE

Madeleine Labarie est la personne qui s'occupe de Jean-Marie Michaud lorsque celui-ci est blessé dans l'explosion d'une gare.

Madeleine a été adoptée par les Labarie. Elle est fine avec des joues roses et éclatantes. Elle doit épouser Benoît, le fils Labarie, un jeune agriculteur qui s'est évadé d'un camp de prisonniers. Volontiers révolutionnaire, celui-ci n'en reste pas moins un « cul-terreux » comme il se décrit lui-même et vit de ses cultures, de vols et de braconnages. Mais Madeleine est attirée par les gens cultivés et élégants. Elle est donc très vite séduite par Jean-Marie qu'elle n'arrive pas à oublier. Plus tard, lorsqu'un jeune Allemand vient vivre dans la ferme des Labarie, elle tombe sous son charme, rendant fou de jalousie son mari qui finira par le tuer.

Madeleine Labarie est donc une jeune fille qui rêve de s'élever dans la société et de quitter son milieu social. Pour autant, elle reste attachée à ce milieu par son mariage et ne peut que rêver de délicatesse pour s'en sortir.

LUCILE ANGELLIER

Lucile est mariée à Gaston Angellier, qui l'a épousée car il pensait faire une affaire financière mais celle-ci ne possédait plus aucune fortune. Très vitre, Lucile découvre que son mari entretient une maitresse et un enfant à Dijon. Mariée sans amour, cette belle jeune femme effacée accepte sa triste condition. Mais alors que son mari est prisonnier en Allemagne, un officier allemand vient habiter dans la maison où elle réside avec sa belle-mère. Lucile est subjuguée par la beauté et la sensibilité de cet homme qui, comme elle, est marié avec une femme qu'il ne connait pas vraiment et qu'il n'aime pas réellement. Entre les deux, une passion se noue. Lucile est alors partagée entre l'amour qu'elle porte à cet homme et sa raison qui lui dicte que Bruno est d'abord et avant tout un ennemi. Et, à l'inverse d'autres femmes du village, la raison l'emportera, et Lucile ne cèdera pas à la passion.

Lucile ne se soumet donc pas à ses désirs, elle sacrifie son amour sur l'autel des exigences de la collectivité et de la raison. C'est donc un personnage profond et complexe que nous présente Irène Némirovsky. Un personnage qui réfléchit sur la notion d'amour pendant l'un des évènements les plus violents du XXe siècle, la Seconde Guerre mondiale.

CLÉS DE LECTURE

LA GÉNÉTIQUE DU ROMAN

L'histoire du texte d'Irène Némirovsky est remarquable. En effet, immigrée russe d'origine juive, l'auteure se lance dans l'écriture d'une fresque romanesque sur la période qu'elle est en train de vivre alors qu'elle sait qu'elle est menacée. Elle a tout juste le temps de travailler sur les deux premiers volets de sa fresque avant d'être arrêtée et déportée. Son mari essaie, avec l'aide de l'éditeur Albin Michel (1873-1943), de retrouver sa femme, en vain. Il sera arrêté à son tour quelque temps plus tard. La tutrice de leurs deux filles décide alors de leur faire traverser la France et de les cacher. Avec elles, les fillettes transportent une valise pleine de papiers et de photographies. C'est dans celle-ci que Denise Epstein, la fille d'Irène Némirovsky, retrouvera quelques années plus tard le manuscrit de *Suite française*. Il faudra encore attendre quelques années avant que l'ouvrage ne soit publié par Denoël. Cette première édition contient des pages importantes pour la compréhension de l'œuvre. En effet, en fin de roman, on retrouve le carnet de l'auteure dans lequel on peut découvrir ses réflexions sur la rédaction de ce texte.

On y retrouve tout d'abord une information importante quant au projet de l'auteure liée à sa perception de la guerre qui se prépare : « Mon Dieu ! que me fait ce pays ? Puisqu'il me rejette, considérons-le froidement, regardons-le perdre son honneur et sa vie. » (« Annexes », in *Suite française*, Paris, Denoël, 2004, p. 396) L'idée sera donc de « regarder froidement » les évènements, c'est-à-dire de raconter la vie de personnages de façon réaliste et de les plonger dans les évènements qui ont lieu.

Elle expose également quelques-uns des grands thèmes que l'on retrouvera dans son livre. L'auteure évoque notamment l'importance des classes sociales. Elle présente, de ce point de vue, les Michaud comme les représentants de la classe moyenne. Il est également question de la place de l'individu dans la communauté, un questionnement qui se cristallise autour du personnage de Lucile qui se laisse vivre, contrainte par les normes de la société. À aucun moment son individualité est mise en avant dans le roman. Quand elle prend la décision de ne pas se donner à Bruno, c'est parce que faire l'amour avec cet homme lui parait honteux. En outre, le seul moment où Lucile décide d'agir en cachant Benoît, sa belle-mère prend le relais et avec elle toute la société comme le démontre le dialogue qu'elles ont ensemble dans lequel Mme Angellier croit naïvement que la communauté française ne la dénoncera pas.

> « – Vous interrogerez Sabarie vous-même, ma mère, dit [Lucile]. Je vais le chercher et le conduire près de vous. [...]

> Mais nous pouvons être dénoncés.
> – Les Français ne se vendent pas les uns les autres, dit fièrement la vieille femme. Vous l'avez oublié, ma petite, depuis que vous connaissez les Allemands. » (« Dolce », chapitre XIX)

Enfin, les carnets nous informent de la volonté que possède l'auteure de créer une fresque comparable à une symphonie en reprenant des termes musicaux. Elle veut également s'inspirer de ce qui se fait dans le cinéma américain. On découvre enfin son souhait de diviser cette fresque en cinq parties. Le destin et la folie des hommes en décideront autrement.

LES PERSONNAGES DU ROMAN

On retrouve dans *Suite française* une multitude de personnages, tous très différents les uns des autres : ils proviennent de classes sociales différentes et ne partagent pas les mêmes buts, les mêmes envies. Chaque personnage est donc un lieu romanesque différent qui permet la structuration de l'œuvre.

L'onomastique

Un personnage de roman est avant tout identifiable par son nom. Celui-ci donne des indices sur son caractère, son physique, sa classe sociale, etc. L'onomastique est donc utile à l'analyse littéraire, et cela se vérifie dans *Suite française*.

Le nom « Péricand » possède des sonorités proches de celles du mot « pélican ». Or le comportement de cet oiseau est assez semblable à celui de Mme Péricand. En effet, le pélican se sert de sa mâchoire inférieure pour garder la nourriture qu'il vient de pêcher. N'est-ce pas précisément ce que fait Charlotte Péricand qui, après avoir été charitable, interdit à ses enfants de donner quoi que ce soit, s'étant rendu compte que les vivres commençaient à manquer ? Elle en fera de même avec ses bijoux et son argent qu'elle dissimule sous sa chemise au plus près de son sein. L'onomastique nous apprend également des choses au sujet de Philippe Péricand. On retrouve en effet dans son nom la racine du verbe « périr », qui implique une mort brutale. En outre, le destin de l'ainé de la famille Péricand, Philippe, peut-être comparé à celui de saint Philippe, un des apôtres de Jésus-Christ qui mourut en martyr en étant crucifié après avoir été lapidé comme le sera Philippe Péricand.

Pour ce qui est du nom Michaud, un nom de famille très courant en France, il montre à quel point le couple est banal. En effet, ce sont des gens de la classe moyenne sans prétention, qui n'aspirent qu'à s'aimer et à vivre tranquillement.

La décomposition du nom et le jeu sur l'homophonie sont intéressants en ce qui concerne Charles Langelet. On pourrait en effet le rapprocher de « l'ange laid ». Le terme « ange » pourrait être lié à son gout pour l'art et plus particulièrement pour la porcelaine, pour lesquels il faut se montrer minutieux et faire preuve d'une certaine sensibilité artistique. Pour autant, son physique comme son comportement envers les autres le rendent laid. Il est également intéressant de décomposer le nom de Lucile Angellier, car, si on retrouve là encore le substantif « ange », celui-ci est associé au mot « lié », un adjectif qui convient parfaitement à

Lucile qui est « soumise » à sa belle-mère et à la collectivité qui l'empêchent de vivre libre.

Les caractéristiques sociales

Un personnage se caractérise également par sa description physique et morale ainsi que par son appartenance à une classe sociale. Cette appartenance est traduite dans les textes par la description des loisirs des personnages mais aussi, et surtout, par la description de leur habitation et de leur façon de s'habiller comme le prouve la description faite des Péricand, et plus particulièrement celle de Mme Péricand, ou encore d'Arlette Corail.

Dans *Suite française*, toutes les classes sont représentées car l'auteure veut montrer que la guerre a un impact dans tous les foyers de France. Chaque personnage devient alors le représentant d'une classe sociale particulière.

Les deux personnages les plus éloignés socialement dans le roman expriment bien ce caractère typique. Benoît Labarie est un paysan qui se décrit lui-même comme un « cul-terreux » et qui n'hésite pas à mettre en avant son niveau social quand il se dispute avec la vicomtesse de Montmort. Cette dernière affiche également sa position dans sa façon de se tenir et de s'habiller. En effet, quand elle rencontre les femmes Angellier chez elles, elle est habillée comme « une femme de chambre » avec une désinvolture qui montre que c'est une femme bien née.

En outre, les rapports entre Mme Angellier et la vicomtesse de Montmort trahissent de cet esprit de classe et montrent que chacune des deux femmes est un type. L'accueil de la vicomtesse est froid quand elle demande un service à la vieille dame qui desserre à peine les dents, alors que Mme Angelier se montre beaucoup plus agréable quand les dames Perrin, du même milieu qu'elle, viennent à leur tour demander service.

Ce faisant, Irène Némirovsky propose une peinture de la société dans son ensemble dans laquelle elle met en regard les différentes classes sociales et les fait s'affronter dans ce monde qui est en plein bouleversement et où chacun veut sauvegarder ses privilèges.

LA STRUCTURE DE L'ŒUVRE

Les personnages comme élément structurel

Ce sont ces divers protagonistes qui structurent le récit et forment un fil directeur. Le roman débute avec quatre groupes que le lecteur s'attend à suivre : les Péricand, Gabriel Corte et sa maitresse, les Michaud et enfin Charles Langelet. Mais à ces personnages s'en ajoutent d'autres au fil du récit : ainsi, autour des Michaud gravitent leur fils Jean-Marie, mais également Corbin, lui-même entouré par Arlette Corail, etc. Celle-ci rencontrera par ailleurs Hubert Péricand et écrasera Charles Langelet, quand les Péricand tomberont sans le savoir sur l'abbé Philippe. Ainsi, le lecteur s'aperçoit progressivement que chaque personnage permet de structurer le récit, créant des rappels entre les chapitres.

Par ailleurs, Jean-Marie Michaud tient un rôle particulièrement important dans l'œuvre puisqu'il permet de créer une unité entre les deux romans. D'abord désigné comme le fils tant recherché des Michaud, il devient un personnage à part entière au chapitre XXIV, lorsqu'il rencontre la jeune Madeleine Labarie. S'il quitte le village à la fin de « Tempête en juin », il ne reste pas moins présent en filigrane dans « Dolce », puisqu'il est à l'origine de la jalousie de Benoît Labarie.

Le rythme de la narration

Afin de captiver l'attention du lecteur qui pourrait se perdre dans la succession de ces destins, l'auteure n'hésite pas à utiliser des procédés narratifs tels que les rebondissements et à varier les rythmes. Par exemple, alors que les Péricand sont paisiblement installés pour la nuit dans un village, une poudrière éclate, entrainant la fuite de la famille et l'oubli du beau-père. De la même façon, quand le lecteur s'attend dans « Dolce » à voir la jeune Lucile succomber au charme de l'envahisseur, c'est un meurtre qui se produit.

Par ailleurs, la clôture des chapitres est essentielle pour assurer l'intérêt du récit : l'auteure soigne donc particuliè-rement les chutes de ses chapitres. Elle utilise parfois l'hu-mour comme conclusion, par exemple au chapitre VI : « Que désirez-vous mon père ? [...] – Monsieur voudrait qu'on le remonte... pour sa petite commission... » (p. 50) À d'autres moments, le lecteur est tenu en haleine par quelques indices ou sous-entendus en fin de chapitre, lorsque par exemple Arlette Corail considère le jeune Hubert avec envie. Ainsi, si Irène Némirovsky souhaite aborder un moment grave de son époque et le dépeindre avec réalisme, elle n'en demeure pas moins une romancière à laquelle il incombe de maitriser les outils narratifs et de les utiliser afin de créer un suspense et un effet d'attente dans le récit.

L'INTERTEXTUALITÉ DANS *SUITE FRANÇAISE*

L'intertextualité est une notion littéraire créée par des membres du groupe Tel Quel, composé d'intellectuels, dont des écrivains et des théoriciens de la littérature comme Philippe Sollers (écrivain français, né en 1936), Julia Kristeva (universitaire et écrivaine française, née en 1941) ou encore Roland Barthes (sémiologue et critique littéraire français, 1915-1980). La notion apparait dans les années soixante et vise à souligner le fait qu'un texte n'est pas une construction pleine et figée et qu'il n'est donc pas envisageable du point de vue de l'unicité. Julia Kristeva explique à ce propos qu'un texte se construit par interaction avec d'autres textes. Cela signifie que chaque texte doit être mis en rapport avec tous les autres textes, c'est-à-dire qu'il se compose avec et par tous les autres textes existants et à venir. Cette notion trouve un écho dans le roman d'Irène Némirovsky, et ce à plusieurs titres.

Une *Comédie humaine* moderne

Il est impossible de ne pas voir dans *Suite française* un écho au projet de Balzac (écrivain français 1799-1850). En effet, comme lui, Irène Némirovsky veut montrer la société dans son ensemble et choisit avec soin ses personnages pour illustrer toutes les classes sociales. Par leur intermédiaire, l'auteur peint et de décrit les rouages de la société ainsi que les rapports entre les hommes à un moment précis de l'Histoire.

En outre, Irène Némirovsky utilise dans son roman un ressort romanesque caractéristique de la production balzacienne : le personnage reparaissant. C'est précisément ce que l'on retrouve dans « Dolce » où réapparait Madeleine qui était déjà apparue dans le premier livre. De la même façon on entend parler des Péricand et de Corbin, tandis que les Michaud se manifestent par le biais d'une carte envoyée à Lucile Angellier.

Enfin, Balzac est évoqué plusieurs fois dans le roman par l'officier allemand lettré Bruno von Falk et par Lucile Angellier. La ressemblance entre l'atmosphère de la maison des Angellier et entre celle des romans balzaciens est même mise en avant dans des discussions entre les deux personnages.

L'apport d'autres textes

On retrouve également dans l'œuvre des traces d'autres textes.

Il est en effet possible de voir un lien entre le célèbre Harpagon, de Molière (comédien et dramaturge français, 1662-1673) et Charles Langelet. Alors que Harpagon cache son argent dans une cassette qu'il enterre, persuadé que tout le monde veut le lui voler, Charles Langelet enferme, lui, sa précieuse collection de porcelaine dans des cassettes qu'il transporte lui-même afin que sa concierge ne soit pas au courant de leur contenu.

Enfin, on peut également discerner un clin d'œil à l'œuvre de l'écrivain russe Léon Tolstoï (écrivain russe, 1828-1910),

Guerre et Paix (1869), qui raconte, à travers la vie de trois familles de la noblesse russe, les guerres opposant l'armée napoléonienne aux armées russe, britannique et autrichienne. En effet, dans ce roman l'annonce de l'entrée en guerre de la Russie et de l'Autriche contre la France se fait durant un bal comme c'est le cas dans « Dolce » où les Allemands apprennent l'entrée en guerre du Troisième Reich avec l'URSS lors d'une fête qu'ils ont organisée dans le parc du château de Bussy.

UN PORTRAIT SANS COMPLAISANCE DE LA SOCIÉTÉ FRANÇAISE

Suite française offre une satire féroce des contemporains d'Irène Némirovsky et de l'humanité en général. Le roman montre en effet la face cachée de nombreux personnages, révélée par la tournure des évènements. Ainsi, toutes les catégories sociales défilent sous l'œil critique de l'auteure.

La classe dominante est représentée par la vicomtesse de Montmort, qui représente la noblesse, la famille Péricand et Mme Angellier, qui incarnent, quant à eux, la haute bourgeoisie, ou encore par l'abbé Philippe, qui est le représentant du clergé.

Ces personnages privilégiés, éduqués et cultivés, s'avèrent porteurs des pires défauts. Bien que riches, ils sont les plus avares : Charlotte Péricand porte des chemises usées et Mme Angellier préfère la mort plutôt que d'offrir son meilleur vin (« Elle veut bien être fusillée, pensa Lucile [...], mais elle ne sacrifierait pas une bouteille de vieux bourgogne. ») Tous éprouvent du mépris envers leurs compagnons d'infortune s'ils ne sont pas du même rang. Gabriel Corte ou Charles Langelet sont affublés d'une révulsante lâcheté doublée de cruauté : ce dernier n'hésite pas à voler de l'essence dans le dos d'un jeune couple qui lui avait accordé sa confiance. Incapables de se départir de leur confort luxueux et se complaisant dans la vanité, on ne s'étonne pas d'apprendre que ce sont ces mêmes personnages qui collaborent.

Les classes dominées sont également abondamment représentées, mais sont globalement épargnées par l'auteure, voire rendues sympathiques, notamment à travers le couple Michaud. Ces simples employés de banque deviennent en effet au fil du texte les seuls personnages porteurs de noblesse, unis par leur amour et leur désir de revoir leur fils.

De manière générale, Irène Némirovsky se fait la spectatrice réaliste et implacable de l'homme qui voit son univers bouleversé. Ainsi, elle montre dans son œuvre le processus de déshumanisation de la guerre qui ramène l'être humain à un état bestial, l'amenant à se battre pour survivre, et qui le pousse à se révéler tel qu'il est.

UN ROMAN AU CŒUR DE L'HISTOIRE

Un roman historique

Suite française relate des évènements qui se déroulent de l'été 1940 à l'été 1941, lors de l'exode et de l'occupation allemande en France. À ce titre, on peut dire que l'œuvre d'Irène Némirovsky est un roman historique. En effet, le récit de « Tempête en juin » débute lorsque les Allemands s'approchent de Paris en juin 1940, ce qui entraine la fuite sur la route des habitants. L'auteure aborde ensuite différents moments marquants de la Seconde Guerre mondiale : la débâcle, l'armistice du 22 juin, la déclaration de la guerre de l'Allemagne à la Russie le 22 juin 1941. Ainsi, l'intrigue se déroule sur un fond de faits historiques avérés. Les nombreux personnages sont quant à eux fictifs mais forment une véritable fresque de la société française de l'époque.

L'écriture de l'Histoire en marche

La majorité des romans historiques mettent en scène des évènements par rapport auxquels l'auteur a une certaine distance. Or la particularité de *Suite française* réside dans le fait qu'Irène Némirovsky écrit au moment même où se déroulent les faits. En effet, en 1940, elle prend la mesure de ce qu'elle est en train de vivre et décide de saisir l'évènement sur le vif. Ainsi, le 21 novembre, elle écrit les premières lignes de « Tempête en juin », racontant l'exode massif des Parisiens dont elle vient d'être le témoin. Dans l'urgence, consciente du peu de temps qui lui sera accordé étant elle-même juive et menacée, elle forme le projet de dépeindre les vies de ces multiples personnages à l'existence bouleversée. Exilée dans un petit village du Morvan, elle s'inspire ensuite du quotidien de ces petites communautés pour écrire « Dolce ».

Cette écriture dépourvue de recul permet au public de découvrir un aspect peu connu de l'Histoire, celui de l'individu qui se débat au sein du collectif. Le roman plonge le lecteur dans une atmosphère intimiste et réaliste, lui faisant découvrir la vie des Français au cœur de ces évènements et le bouleversement du quotidien que la guerre a engendré.

PISTES DE RÉFLEXION

QUELQUES QUESTIONS POUR APPROFONDIR SA RÉFLEXION...

- *Suite française* aborde les évènements de la guerre du point de vue de toutes les classes sociales. Expliquez en quoi chaque personnage symbolise un aspect de la société.
- Bien que l'œuvre d'Irène Némirovsky soit restée inachevée, en quoi peut-on déjà voir une cohérence entre les romans « Tempête en juin » et « Dolce » ?
- Analysez le titre du second roman, « Dolce ». Que signifie ce choix selon vous ?
- Comment la nature est-elle décrite dans le roman, et en quoi s'oppose-t-elle à la guerre ?
- Comment les occupants allemands sont-ils décrits dans « Dolce » ? En quoi peut-on s'étonner de ce traitement de l'ennemi par l'auteure ?
- Pouvez-vous trouvez dans *Suite française* des parallèles avec des scènes de comédie célèbres ?
- Irène Némirovsky écrit : « Lorsque, dans une nouvelle ou un roman, on met en relief un héros ou un fait, on appauvrit l'histoire ; la complexité, la beauté, la profondeur de la réalité dépendent de ces liens nombreux qui vont d'un homme à un autre, d'une existence à une autre existence, d'une joie à une douleur. » (*La Vie de Tchékhov*, Paris, Albin Michel, 2005, p. 169) Cette affirmation peut-elle s'appliquer à *Suite française* ? Justifiez votre réponse.
- En quoi le projet de l'œuvre d'Irène Némirovsky est-il comparable à *Guerre et Paix* de Léon Tolstoï ?

- Citez d'autres œuvres dont l'intrigue se situe pendant l'Occupation allemande. En quoi l'approche d'Irène Némirovsky est-elle unique ?
- Après avoir identifié les caractéristiques du roman historique, dites en quoi *Suite française* se rapproche de ce genre.

Votre avis nous intéresse !
Laissez un commentaire sur le site de votre librairie en ligne
et partagez vos coups de cœur sur les réseaux sociaux !

POUR ALLER PLUS LOIN

ÉDITION DE RÉFÉRENCE

- Némirovsky I., *Suite française*, Paris, Gallimard, coll. « Folioplus classiques », 2009.
- Némirovsky I., *Suite française*, Paris, Denoël, 2004.

ÉTUDES DE RÉFÉRENCE

- Biasi P.-M. de, « Intertextualité théorie de », in *Encyclopædia Universalis*, consulté le 8 novembre 2016.
- Rosier J.-M., « Génétique (critique) », in *Le Dictionnaire du littéraire*, Paris, PUF, 2002.

SUR LEPETITLITTÉRAIRE.FR

- Fiche de lecture sur *Le Bal* d'Irène Némirovsky.
- Questionnaire de lecture sur *Le Bal*.

www.lepetitlitteraire.fr/

ISBN version numérique : 978-2-8062-4140-5
ISBN version papier : 978-2-8062-4163-4
Dépôt légal : D/2013/12603/378

Avec la collaboration de Pierre-Maximilien Jenoudet pour la présentation de l'auteure, l'analyse des personnages ainsi que les chapitres « La génétique du roman », « Les personnages du roman » et « L'intertextualité dans *Suite française* ».

Conception numérique : Primento,
le partenaire numérique des éditeurs.

Ce titre a été réalisé avec le soutien de la Fédération Wallonie-Bruxelles, Service général des Lettres et du Livre.

Retrouvez notre offre complète sur lePetitLittéraire.fr

- des fiches de lectures
- des commentaires littéraires
- des questionnaires de lecture
- des résumés

ANOUILH
- Antigone

AUSTEN
- Orgueil et Préjugés

BALZAC
- Eugénie Grandet
- Le Père Goriot
- Illusions perdues

BARJAVEL
- La Nuit des temps

BEAUMARCHAIS
- Le Mariage de Figaro

BECKETT
- En attendant Godot

BRETON
- Nadja

CAMUS
- La Peste
- Les Justes
- L'Étranger

CARRÈRE
- Limonov

CÉLINE
- Voyage au bout de la nuit

CERVANTÈS
- Don Quichotte de la Manche

CHATEAUBRIAND
- Mémoires d'outre-tombe

CHODERLOS DE LACLOS
- Les Liaisons dangereuses

CHRÉTIEN DE TROYES
- Yvain ou le Chevalier au lion

CHRISTIE
- Dix Petits Nègres

CLAUDEL
- La Petite Fille de Monsieur Linh
- Le Rapport de Brodeck

COELHO
- L'Alchimiste

CONAN DOYLE
- Le Chien des Baskerville

DAI SIJIE
- Balzac et la Petite Tailleuse chinoise

DE GAULLE
- Mémoires de guerre III. Le Salut. 1944-1946

DE VIGAN
- No et moi

DICKER
- La Vérité sur l'affaire Harry Quebert

DIDEROT
- Supplément au Voyage de Bougainville

DUMAS
- Les Trois
  Mousquetaires

ÉNARD
- Parlez-leur
  de batailles,
  de rois et
  d'éléphants

FERRARI
- Le Sermon sur la
  chute de Rome

FLAUBERT
- Madame Bovary

FRANK
- Journal
  d'Anne Frank

FRED VARGAS
- Pars vite et
  reviens tard

GARY
- La Vie devant soi

GAUDÉ
- La Mort du
  roi Tsongor
- Le Soleil des
  Scorta

GAUTIER
- La Morte
  amoureuse
- Le Capitaine
  Fracasse

GAVALDA
- 35 kilos d'espoir

GIDE
- Les
  Faux-Monnayeurs

GIONO
- Le Grand
  Troupeau
- Le Hussard
  sur le toit

GIRAUDOUX
- La guerre de
  Troie
  n'aura pas lieu

GOLDING
- Sa Majesté des
  Mouches

GRIMBERT
- Un secret

HEMINGWAY
- Le Vieil Homme
  et la Mer

HESSEL
- Indignez-vous !

HOMÈRE
- L'Odyssée

HUGO
- Le Dernier Jour
  d'un condamné
- Les Misérables
- Notre-Dame
  de Paris

HUXLEY
- Le Meilleur
  des mondes

IONESCO
- Rhinocéros
- La Cantatrice
  chauve

JARY
- Ubu roi

JENNI
- L'Art français
  de la guerre

JOFFO
- Un sac de billes

KAFKA
- La Métamorphose

KEROUAC
- Sur la route

KESSEL
- Le Lion

LARSSON
- Millenium I. Les
  hommes qui
  n'aimaient pas
  les femmes

LE CLÉZIO
- Mondo

LEVI
- Si c'est un
  homme

LEVY
- Et si c'était vrai…

MAALOUF
- Léon l'Africain

MALRAUX
• La Condition
  humaine

MARIVAUX
• La Double
  Inconstance
• Le Jeu de l'amour
  et du hasard

MARTINEZ
• Du domaine
  des murmures

MAUPASSANT
• Boule de suif
• Le Horla
• Une vie

MAURIAC
• Le Nœud
  de vipères

MAURIAC
• Le Sagouin

MÉRIMÉE
• Tamango
• Colomba

MERLE
• La mort est
  mon métier

MOLIÈRE
• Le Misanthrope
• L'Avare
• Le Bourgeois
  gentilhomme

MONTAIGNE
• Essais

MORPURGO
• Le Roi Arthur

MUSSET
• Lorenzaccio

MUSSO
• Que serais-je
  sans toi ?

NOTHOMB
• Stupeur et
  Tremblements

ORWELL
• La Ferme
  des animaux
• 1984

PAGNOL
• La Gloire de
  mon père

PANCOL
• Les Yeux jaunes
  des crocodiles

PASCAL
• Pensées

PENNAC
• Au bonheur
  des ogres

POE
• La Chute de la
  maison Usher

PROUST
• Du côté de
  chez Swann

QUENEAU
• Zazie dans
  le métro

QUIGNARD
• Tous les matins
  du monde

RABELAIS
• Gargantua

RACINE
• Andromaque
• Britannicus
• Phèdre

ROUSSEAU
• Confessions

ROSTAND
• Cyrano de
  Bergerac

ROWLING
• Harry Potter à
  l'école des sor-
  ciers

SAINT-EXUPÉRY
• Le Petit Prince
• Vol de nuit

SARTRE
• Huis clos
• La Nausée
• Les Mouches

SCHLINK
• Le Liseur

SCHMITT
- La Part de l'autre
- Oscar et la Dame rose

SEPULVEDA
- Le Vieux qui lisait des romans d'amour

SHAKESPEARE
- Roméo et Juliette

SIMENON
- Le Chien jaune

STEEMAN
- L'Assassin habite au 21

STEINBECK
- Des souris et des hommes

STENDHAL
- Le Rouge et le Noir

STEVENSON
- L'Île au trésor

SÜSKIND
- Le Parfum

TOLSTOÏ
- Anna Karénine

TOURNIER
- Vendredi ou la Vie sauvage

TOUSSAINT
- Fuir

UHLMAN
- L'Ami retrouvé

VERNE
- Le Tour du monde en 80 jours
- Vingt mille lieues sous les mers
- Voyage au centre de la terre

VIAN
- L'Écume des jours

VOLTAIRE
- Candide

WELLS
- La Guerre des mondes

YOURCENAR
- Mémoires d'Hadrien

ZOLA
- Au bonheur des dames
- L'Assommoir
- Germinal

ZWEIG
- Le Joueur d'échecs